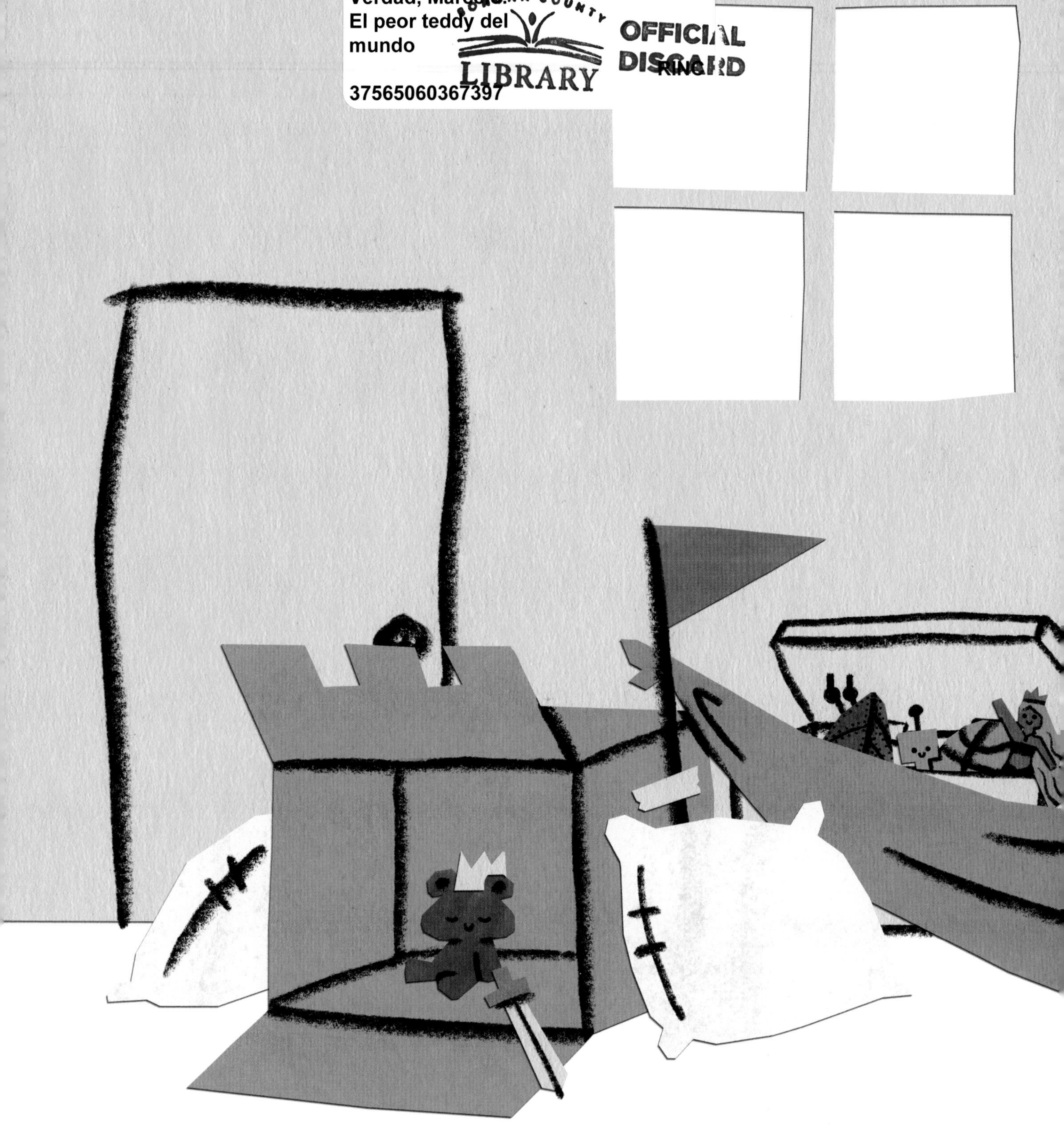

Para papá y todos esos guardianes
que nos cuidan de formas inesperadas.

ACERCA DE ESTE LIBRO

El arte de este libro se creó con recortes de papel, crayones, pintura acrílica
y collage digital. Este libro fue editado en inglés por Andrea Spooner y diseñado por Patrick Collins
con la dirección del diseño gráfico por Saho Fujii. La producción fue supervisada por Patricia Alvarado
y Jake Regier como el editor de producción. El tipo de texto está en Neutra Text Book Alt
y la visualización es en escritura manuscrita.

El PEOR Teddy del mundo

marcelo verdad

Ⓛ Ⓑ

LITTLE, BROWN AND COMPANY
New York   Boston

Noa AMA a Teddy.

Ellos hacen todo juntos.

O al menos lo INTENTAN.

Pero Teddy...

¡Teddy SIEMPRE está cansado!

Otros niños tienen peluches ESPECTACULARES que los aman y juegan con ellos todo el día.

Pero Teddy…

Teddy siempre tiene demasiado
sueño para hacer lo que Noa quiere.

A veces, ¡Noa piensa que Teddy
es el PEOR peluche del mundo!

Durante la noche, una
fantasmita viene de visita.

—¡Bu!—susurra la fantasmita,
pero Teddy ya está despierto.

—Sé que le temes a la oscuridad, fantasmita, dice Teddy y le ofrece una linterna.

—Pero no se permiten visitas de noche. Tendrás que decir adiós.

Mientras Teddy se asegura de que
Noa siga dormido…

...¡entra el Coco!

—¡Estoy ABURRIDO!—el Coco gruñe, así que Teddy le presta algunos juguetes.

—Ya sé que solo quieres jugar, pero no se permiten visitas de noche. Tendrás que decir adiós.

Teddy regresa a vigilar a
Noa cuando, de repente…

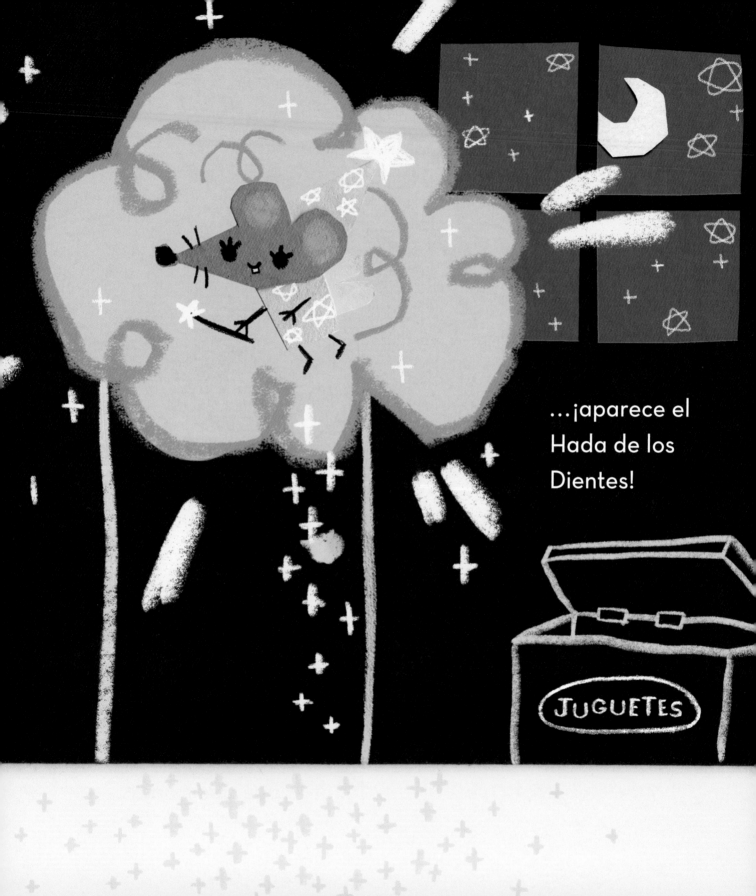

...¡aparece el Hada de los Dientes!

—¡Solo vengo a recoger unos dientes!—dice ella con su vocecita aguda. Pero Teddy la detiene.

—¡Hoy no! Ahora no hay dientes para ti; además, no se permiten visitas de noche. Tendrás que decir adiós.

Teddy todavía está limpiando cuando
el más escurridizo de todos aparece…

…¡EL MONSTRUO DE LAS COSQUILLAS!

—¡LO ATRAPÉ!—exclama el monstruo, pero
Teddy lo detiene antes de que Noa despierte.

—Nada de cosquillitas, ni mordiditas.
¡Prohibido robar u olfatear calcetines!
NO se permiten visitas de noche. Tendrás
que decir adiós.

¡Oh noooo!~

Ha sido una noche larga,
pero Teddy se siente orgulloso.

Teddy no puede esperar a que Noa despierte para jugar...

...pero antes, Teddy necesita una siesta pequeñita.

¡El sol brilla y Noa está lleno de energía y listo para salir a jugar!

¡Pero TEDDY…!

Teddy tiene que prepararse
para otra larga noche.